DEUXIÈME

RAYON DE LUMIÈRE

POÉSIES DIVERSES

PAR

PAUL-ANDRÉ AMBROGI

CORSE.

BASTIA
IMPRIMERIE OLLAGNIER.

1860.

DEUXIÈME RAYON DE LUMIÈRE

POÉSIES DIVERSES.

DEUXIÈME

RAYON DE LUMIÈRE

POÉSIES DIVERSES

PAR

Paul-André AMBROGI

CORSE.

BASTIA

IMPRIMERIE OLLAGNIER.

1860.

AUX LECTEURS.

Dans tous les temps, la poésie a été l'un des plus puissants moyens de civilisation : les anciens l'appelaient le langage des Dieux. Ce langage n'est pas compris aux époques de décadence : pour plaire au goût dépravé, la poésie flatte alors le vice, aiguillonne les passions mauvaises, perd son influence civilisatrice et devient un instrument de corruption individuelle et sociale. Pendant des siècles, la poésie n'a été dans l'île de l'héroïsme qu'un long gémissement. Le progrès des lumières et de la justice sociale a mis un frein à la provocation, affaibli les sentiments de vendetta et détruit les causes de révolte : une ère nouvelle a paru et brille comme les rayons d'une belle aurore. Le domaine de la littérature a de nombreux travailleurs ; la poésie fait entendre ses accents sur divers points de la Corse : elle élève l'âme de plus en plus vers l'idéal de justice et peint le beau avec enthousiasme pour le faire aimer. J'ai uni ma faible voix à ce charmant écho du 19e siècle, dont les hautes aspirations se réalisent progressivement sous la puissante influence du magique regard de l'aigle.

Ce nouveau recueil de poésies et celui que j'ai publié, il y a un an, sont le fruit de longues méditations ; ils sont cependant peu volumineux ; mais chacun sait que les productions de la pensée ne se mesurent avec le mètre ni le gramme : un mot, exprimant une idée féconde, pèse plus dans la balance du monde intellectuel et moral que de gros volumes pleins d'idées stériles ou nuisibles et peut, à travers le temps, rallier des millions d'âmes et de cœurs et unir les cieux à la terre. Là n'est donc pas le défaut. Est-il ailleurs? Je recevrai l'appréciation sincère du lecteur, comme un témoignage touchant de sympathie et je m'efforcerai de mieux faire, en profitant de ses lumineux conseils.

Ile-Rousse, le 20 septembre 1860.

P. A. AMBROGI.

SOMMAIRE DES MATIÈRES.

MARSEILLE.

Ville de Pythéas, du célèbre Pétrone,
De Barthe et de Puget, du fougueux Barbaroux,
Eole te sourit et tes voiles patronne ;
Neptune te contemple et calme son courroux.

Par ton commerce immense, fille de l'Ionie,
Tu te fis jalouser par les puissants romains ;
Mais tu devins leur proie, active Massilie,
Et Mercure ne put t'arracher de leurs mains.

Rome à son tour tomba, les Francs te conquérirent....
Assise sur le bord méditerranéen,
Tu grandis chaque jour et tes beaux ports attirent
Un regard bienveillant de l'Aigle européen.

Je n'avais jamais vu tes eaux troubles, profondes,
Où ta forêt se meut pour le faible et le fort ;
A travers l'ouragan sur les flots des deux mondes,
Elle répand les fruits qui tombent dans ton port.

Je n'avais jamais vu ta belle Cannebière,
Saint-Michel, le Prado ni le Château des fleurs ;
Noailles ni Meilhan ni ta pépinière,
Où le lion languit et nage dans ses pleurs.

Je n'avais jamais vu tes bazars, ton musée,
Ta bourse fourmillante où l'on tente le sort ;
Ni tes temples divers ni ton sombre Athénée
Où vont se réunir le croyant, l'esprit fort.

Je n'avais jamais vu tes beautés langoureuses :
Ce monde tout bruissant de soie et de satin,
Éclatant de dentelle et de perles précieuses,
Et voulant éclipser l'étoile du matin....

Le ciel est tout d'azur et les vagues sommeillent ;
La coquille où je suis fend l'onde sans effort,
Et mon âme et mon cœur à l'aube se réveillent ;
Un ami, souriant, me montre au loin le port.

Cyrnos, je vois tes monts, tes côteaux, tes vallées
Et je sens le parfum de tes plus belles fleurs.
O berceau des héros ! salut : à tes allées,
Je veux venir encor confier mes douleurs.. .

L'ouragan s'est caché dans les sombres nuages ;
Tous les vents sont muets, nul éclair dans les cieux ;
Mais parmi les humains les menaçants orages
Semblent gronder au loin, se montrer à mes yeux.

26 Septembre 1859.

LA PATRIA DELL'ITALIANO.

GIUSEPPE MULTEDO. (4 Septembre 1858.)

Traduction. (24 Novembre 1859.)

Oh ! serais-tu ma patrie, ô Toscane?
Dante sortit de ton sang généreux
Et ton crayon ne fut jamais profane :
Tes fleurs de l'art étaient les lis des cieux.
L'Arno sans cesse, ô Toscane, t'arrose ;
Sous ton ciel pur habite le printemps :
Dans tes jardins, on voit briller la rose
Et les boutons s'épanouir en tous temps.
Non, tu n'es pas le cœur de ma patrie :
Sans l'unité je ne vois que lambeaux ;
Sans l'unité de toute l'Italie,
Jamais, jamais je n'aurai de repos.

Oh ! serais-tu ma patrie, ô Sicile?
De Rosalie, au mont Etna, les fleurs

Et les cyprès parfument, ô Cécile,
Le sol et l'air de suaves odeurs.
Les monuments de la Grèce et de Rome,
Débris pompeux respectés par le temps,
Sont dans les arts les chefs-d'œuvre de l'homme
Et le cachet du génie imposant.
Non, tu n'es pas le cœur de ma patrie :
Sans l'unité je ne vois que lambeaux ;
Sans l'unité de toute l'Italie,
Jamais, jamais je n'aurai de repos.

Oh ! serais-tu sur le golfe magique,
Dont le touriste à jamais se souvient ?
Où le volcan de sa voix satanique
Fait mille échos quand la crise revient ?
Où le ciel pur, à l'éternel sourire,
Est un miroir de points étincelants ?
Là tout me plaît ; là mon âme s'inspire ;
Là le cratère est sans cesse fumant.
Non, tu n'es pas le cœur de ma patrie :
Sans l'unité je ne vois que lambeaux ;
Sans l'unité de toute l'Italie,
Jamais, jamais je n'aurai de repos.

Oh ! serais-tu ma patrie, ô Venise ?
Tu me rends sombre et fais bondir mon cœur,
Quand je te vois sur les ondes assise,
Étincelante et pleine de langueur,

Sur les chemins que fendent tes gondoles,
Comme l'oiseau fend l'Océan des airs,
Comme la voix, portant la barcarolle
Sur le zéphyr et les échos des mers.
Non, tu n'es pas le cœur de ma patrie :
Sans l'unité je ne vois que lambeaux ;
Sans l'unité de toute l'Italie,
Jamais, jamais je n'aurai de repos.

Tes bords sacrés sont chéris de la Vierge ;
Tes autels d'or, des marbres les plus beaux
Sont éclatants. Dieu fait briller son cierge
Et réveiller les cendres des tombeaux ;
Sur tous les flots va flotter ta bannière
Et tes vallons sont peuplés de forêts.
O Ligurie, observe ma paupière :
Ne vois-tu pas mes pleurs et mes regrets ?
Non, tu n'es pas le cœur de ma patrie :
Sans l'unité je ne vois que lambeaux ;
Sans l'unité de toute l'Italie,
Jamais, jamais je n'aurai de repos.

Et toi, Milan, serais-tu ma patrie ?
Tes fils, que j'aime, ont l'âme et le cœur haut.
Riche est ton sol, ô belle Lombardie,
De beaux vergers et d'excellents troupeaux.
Et tes cités sont toujours florissantes
Sur tes côteaux, tes plaines, tes vallons ;

Mais l'étranger de ses mains flétrissantes,
Brisa ton glaive, encloua tes canons.
Milan, Milan, tu n'es pas ma patrie :
Sans l'unité je ne vois que lambeaux ;
Sans l'unité de toute l'Italie,
Jamais, jamais je n'aurai de repos.

Ville éternelle, es-tu donc ma patrie ?
Les pleurs du Tibre ont fait saigner les cœurs.
Antique Rome et foyer de la vie,
Es-tu sensible aux chagrins de tes sœurs ?
Tombe des saints et berceau des héros,
Du Dieu d'amour dans ton sein est le temple ;
Tes monuments sont toujours les plus beaux ;
Reveille-toi : l'Éternel te contemple.
Non, tu n'es pas le cœur de ma patrie :
Sans l'unité je ne vois que lambeaux ;
Sans l'unité de toute l'Italie,
Jamais, jamais je n'aurai de repos.

O Piémont, serais-tu ma patrie ?
Le créateur d'un regard bienveillant
Te donna tout pour créer l'harmonie
Au sein d'un peuple opprimé, mais vaillant.
O Piémont, rempart, glaive et tribune,
Drapeau du droit et du suprême effort ;
Brillant drapeau de la cause commune,
Flotte, en avant : courons ; voilà le port :

Le port, le cœur, le port de ma patrie :
Sans l'unité je ne vois que lambeaux ;
Sans l'unité de toute l'Italie,
Jamais, jamais je n'aurai de repos.

P. A. AMBROGI.

ILE-ROUSSE.

Au fond d'une vallée où murmurent les flots,
Non loin de l'Italie et non loin de la France,
Tout près de trois îlots,
Tu reçus l'existence.

De l'aurore au couchant, tes superbes côteaux,
De villages ornés que l'astre du jour dore,
Ombragent ton berceau,
Sous les regards de Flore.

Ton ciel serein est bleu, tout brillant dans les nuits;
Ton climat, toujours doux, pur est l'air qu'on respire;
Et tu répands les fruits
Des bosquets qu'on admire.

La vague quelquefois vient bondir à tes pieds;
Tu braves son courroux, lui montrant ton étoile;
Sur les flots tu t'assieds
Et tu mets à la voile.

Sur ton front sont écrits quatre-vingt-dix printemps;
Tu chasses la misère, en fuyant la paresse :
La fortune en tout temps
Tendrement te caresse.

Tu fus belle, en naissant : plus belle que tes sœurs ;
La fortune te sourit à ta première aurore
Et l'artiste des fleurs
De son crayon t'honore.

1859.

L'ÉTINCELLE DU CŒUR.

Je ne sais pas chanter, mais je ne veux me taire :
Mon sang reflue au cœur, me fait rompre en visière
Contre l'indignité.
Brouillard, tout plein de fiel, au vent jette le blâme :
Il veut ternir l'honneur d'une honorable femme,
Au nom de l'équitté.

J'ai lu, j'ai bien relu l'*Histoire de ma vie* :
Or Sand veut établir la divine harmonie
Des âmes et des cœurs.
Pour juger son histoire, il faut savoir la lire :
Brouillard n'est que l'écho des jaloux de la lyre :
L'écho des insulteurs.

Il ne peut *brouillarder ni l'honneur ni la gloire* :
Le génie a son lit dans la brillante histoire
De la postérité.
Le cœur de Sand est haut et bien faite est son âme :
Car de son sein jaillit l'intarissable flamme
Du feu d'humanité.

La charité flétrit la critique brutale,
Combat la calomnie, épure la morale,
Rappelle à l'équité.
L'équité persuade et, debout sur son siége,
Éclaire, vivifie et le talent protége,
Disant la vérité,

La diffamation est souffletée en France
Par l'aile des vertus, la haute intelligence
Et par les tribunaux.
Respect, honneur et gloire à la célèbre femme,
Mais honte à l'insulteur qui torture son âme
Et se croit sans défauts.

1859.

ODE

A Mme L. P.

Ange de Cirno, de Florence,
Laisse tomber sur le gazon
Les fleurs de l'art qu'aime la France,
En mirant le vaste horizon.

En toi, tu caches le génie
Du polyglotte et des beaux-arts.
Au monde montre l'harmonie
Qui se révèle à tes regards.

La plume ne saurait décrire
Les nuances des sentiments
Que tes doigts, courant sur la lyre,
Expriment par des sons touchants.

Ta voix pleine de mélodie
Charme, entraîne, enlève les cœurs.
Et l'orgueil aigri par l'envie
De ses yeux arrache des pleurs.

Mais Apollon orne ta tête ;
Ton doux sourire est dans ses yeux
Et l'arome de la violette
Sur ton haleine monte aux cieux.

Ton âme se sent toute éprise,
Quand tu contemples le ciel pur.
Le feu de l'invisible Église
Te reflête un rayon d'azur.

Et lorsque ses divins rayons
Quittent la nuit d'un demi globe,
Tu reprends tes plus beaux crayons
Pour dessiner le front de l'aube.

Lorsque l'œil éclatant du jour
Inonde le sol et l'espace
Tu sens ton cœur brûlant d'amour
Sur le sommet du mont Parnase.

Lorsque l'haleine du zéphyr
Embaume l'air et le feuillage,
Tu dis alors à l'avenir :
Donne-moi le don de présage.

Lorsque les fleurs et les cyprès
Parfument l'espace et le globe,
Du doigt tu montres le progrès
Couvert de sa brillante robe.

Lorsque le doux bruit du ruisseau
Se perd dans l'hurlement de l'onde,
Que l'ouragan bat le roseau,
Que la foudre dans le ciel gronde,

Ton âme s'élève vers Dieu
Et tu lui dis : mon puissant père,
Je te demande le ciel bleu :
Impose silence au tonnerre.

Lorsque dans le sein de la nuit
Soupire et chante Philomèle
Et qu'il se tait au moindre bruit,
En agitant la tête et l'aile,

Tu dis : chante, chante toujours :
Chante, pleure, chante et soupire ;
Ne crains pas le cri des vautours.
Que peuvent-ils contre la lyre ?

Ange ! brille, c'est ton printemps ;
Brille, brille comme l'étoile ;
Brille, brille dans tous les temps :
Ton génie au monde dévoile.

Du haut des cieux, Sainte-Lucie,
Veille sur l'ange de mon chant ;
Veille sur l'époux de sa vie :
Veille jusqu'à leur jour couchant.

Fais que cette ode soit reçue
Comme le parfum de la fleur :
C'est le bouquet de l'âme nue
Que j'offre, la main sur le cœur.

13 Décembre 1859.

JANVIER 1860.

A LA NOUVELLE ANNÉE.

Tout dort autour de moi ; mais l'esprit invisible
Veille sur les humains, anime l'univers.
Le bruit sourd de Neptune est plaintif et paisible ;
Eole soufflant peu, n'agite pas les mers.

Le phare de l'îlot humblement se dévoile
Aux regards du pilote et lui montre le port.
L'Éternel a placé dans le ciel une étoile :
Boussole universelle, importune à la mort.

Je vois au flanc du mont, dont la tête est coiffée
De givre et de frimas, un foyer flamboyant ;
Et j'entends le renard glapir dans la vallée ;
Le dogue lui répond, flaire et court, aboyant.

Minuit vient de sonner ; au ciel, pas un nuage.
D'innombrables soleils ornent le firmament ;
La lune les contemple et son pâle visage
Rayonne dans mon cœur, m'inspire tendrement.

O Déesse des nuits ! ta pâleur est sereine
Et détourne mes yeux de l'astre du matin.
Adoucis ta douleur, tendre et charmante reine :
Naître, croître et mourir est la loi du destin.

Cinquante-neuf n'est plus ! sourions à soixante.
Oh ! le temps est cruel : il prépare un berceau,
Etouffant tour-à-tour les êtres qu'il enfante :
Le jetant sans gémir dans l'éternel tombeau.

Salut, Fille du temps ! à ta brillante aurore,
Je vois tes cheveux blonds flotter dans le ciel pur ;
Et je vois dans tes yeux briller un météore,
Comme l'astre éclatant dans le dôme d'azur.

Mais je peux me tromper, jugeant par l'apparence.
Que nous apportes-tu? la vie et la santé,
Ou les maux et la mort? la crise ou l'abondance,
Le chagrin, la torture ou la douce gaîté ?

Jeune Fille du temps, tu montes sur le trône
Des heures qui partout s'écoulent sans retour.
Sur ton front virginal où tu mets ta couronne
Feras-tu rayonner l'étoile de l'amour ?

De l'amour du progrès qui transforme le monde :
De l'amour des beaux-arts, du labeur, de la paix ;
De l'amour créateur, de la science féconde,
Faisant passer le beau dans le manoir des faits.

Auras-tu le vouloir et le puissant génie
De graver dans les cœurs les lettres de ton nom ?
Donneras-tu le jour, l'équité, l'harmonie
Ou feras-tu gronder la foudre du canon ?

Ou bien descendras-tu de ton trône splendide
Dans le gouffre béant sans marquer de tes pas
Les traces du progrès ? laisseras-tu le vide
Que tu devais combler, en courant au trépas ?

Tes sœurs n'ont jamais vu le grand aréopage
Que tu vas présider au foyer du savoir.
Tes sœurs l'ont préparé : leurs luttes d'âge en âge
Montrent aux potentats le chemin du devoir.

Les feras-tu marcher sur ce chemin des sages ?
La voix de l'Italie agite l'univers.
Le bruit sourd des volcans annonce les orages
Et je vois dans le ciel scintiller les éclairs.

Le congrès peut et doit conjurer la tempête.
Faut-il donc que le sang coule, coule toujours ?
Faut-il que les grands cœurs marchent à la conquête
Du droit humanitaire, au prix de leurs beaux jours ?

Hélas ! pourquoi vouloir donner de méchants maîtres
Aux peuples souverains irrités par le mors ?
Pourquoi leur imposer le joug pesant des traîtres,
Fuyant à l'étranger, foulant aux pieds les morts ?

Faut-il quatre-vingt-treize? ô princes d'Italie!
Faut-il que la Terreur promène ses regards,
En répandant le sang des sots et du génie,
Des mères à genoux, des forts et des vieillards?

Faut-il que l'échafaud arbore sa bannière,
En criant, liberté? Que l'arme du bourreau
Entre dans le palais et dans l'humble chaumière
Pour frapper les John Brown, les enfants au berceau?

Pour noyer dans le sang les héroïques filles,
En déchirant partout le voile de l'honneur,
En allumant la haine aux foyers des familles,
En éteignant l'amour qui brûle au fond du cœur?

Jeune Fille du temps, éloigne de l'Europe
Cet horrible spectacle : inspire le congrès,
En plaçant sous ses yeux l'infaillible horoscope
De l'austère Thémis, amante du progrès;

Fais taire l'intérêt, dominant la conscience,
Étouffant la raison et desséchant les cœurs,
Irritant les esprits et donnant la démence
Aux partis inhumains qui se font assommeurs.

Jeune Fille du temps, donne l'élan, la vie
Aux enfants de Mercure et de l'humble Cérès;
Donne le mouvement, féconde l'industrie;
Délivre les États de l'esprit des Verrès.

Jeune Fille du temps, donne à l'art, à la science
Le génie imposant, dévoué, créateur ;
Aux peuples opprimés, le glaive de la France ;
Aux enfants de l'Église, un saint pour serviteur ;

A Napoléon trois, l'aliment de la flamme
Qui brûle dans son cœur et lui montre le but ;
A la France, l'amour des peuples qui dans l'âme
Portent le feu sacré, luttant pour leur salut.

L'ORAGE ET LE HÉROS.

Les signes précurseurs des terribles naufrages
Apparaissent soudain sur un vaste horizon :
On voit de toutes parts s'élever des orages
Sombres comme la mort que porte l'aquilon.

Un manteau de brouillard enveloppe l'étoile
Que le pilote suit de l'esprit et des yeux ;
Borée, en frémissant, vient déchirer la voile
Et soulever les flots à la voûte des cieux.

La coquille, glissant comme un flocon d'écume,
Arrive au fond du gouffre et monte, en tournoyant ;
L'ouragan rompt les mâts et le *Vésuve* fume;
La foudre fend les airs, tombe à bord, en grondant ;

Et la crainte saisit le timide équipage
Qui se met à genoux, en attendant la mort.
L'intrépide pilote a beau crier, courage!...
On n'entend plus sa voix, chacun maudit le sort.

Mais le héros debout sourit à la tourmente ;
Il sourit aux éclairs, en bravant le danger ;
Il agite hardiment sa noble tête et chante :
O peuples, suivez-moi : nous pouvons tout sauver.

Pour toi sont nos trésors, immortelle Patrie ;
Pour toi nos diamans ;
Pour toi notre bonheur, notre sang, notre vie
Et pour toi nos enfans.

1860.

LE FAUX CRITIQUE.

Le faux critique est quelquefois habile :
Il frappe, blesse, en jetant de l'encens.
Son encrier est toujours plein de bile :
Tremblez, tremblez, timides débutans.

Par un miracle, il transforme la plume
Et dans sa griffe en fait un assommoir :
Il tape dur, comme sur une enclume ;
Puis il reprend son magique encensoir.

De ses amis ne dit pas ce qu'il pense :
Dans sa mesure, il se sert de deux poids ;
La vérité lui paraît une offense :
De la critique il foule aux pieds les lois.

Pour diriger la marche du novice,
Lui donne-t-il de lumineux conseils ?
Non : il en rit, le flatte avec malice,
S'en vante ensuite et plaît à ses pareils.

12 Février 1860.

REVIENS, BRISE PRINTANIÈRE.

O douce brise du printemps,
Viens caresser les fleurs charmantes
Et sourire aux âmes aimantes
Sur l'invisible aile du temps.

La froide mort, pleine d'envie,
Arrache les fruits et les fleurs.
Le monde remplit de ses pleurs
Le calice amer de la vie.

Feuilles, fruits, fleurs, jolis boutons,
Le givre cruel vous dévore,
Sous les yeux tremblants de l'aurore,
Par le souffle des aquilons.

Oh ! reviens, brise printanière :
Redonne au monde ta chaleur ;
Soulage sa vive douleur ;
Rouvre son humide paupière.

Enfants couchés dans les tombeaux,
Réveillez-vous : les fleurs reviennent ;
Vos mères pleurent, se souviennent :
Elles préparent vos berceaux.

Comme des perles de rosée,
Les larmes tombent de leurs yeux ;
Leurs soupirs arrivent aux cieux
Sur les ailes de la pensée.

O mères, calmez vos douleurs :
Auprès de Dieu sont vos beaux anges ;
Ici-bas ils quittent les langes ;
Du ciel ils lisent dans vos cœurs.

La nuit contemplez les étoiles
Et le soleil pendant le jour :
Vous verrez les regards d'amour
De vos enfants joyeux, sans voiles.

Contents, ils attendent au ciel
Le jour où paraîtront vos âmes
Rayonnantes de pures flammes,
En présence de l'Éternel.

Vivez en paix, soyez heureuses :
Vous aurez encor des enfants,
Comme les fleurs a le printemps :
Vous les aurez, mères pieuses.

19 Mars 1860.

LA COMÈTE DE JUIN 1860.

A GARIBALDI.

Reine, aux cheveux dorés, divine messagère,
Que nous annonces-tu? les tremblements de terre,
La peste, la famine et l'inondation?
Le courroux des volcans, les éclats de la foudre?
Tous les maux destructeurs et la mort par la poudre :
Tous les fléaux du ciel, sa malédiction?

Non, l'éclair de tes yeux apporte l'espérance
Aux peuples opprimés : l'heure de délivrance
A sonné dans les cieux, à l'horloge du temps.
Sur tes ailes de feu, tu portes la lumière
Et dans l'obscure nuit de nos deux hémisphères,
Tu démasques le front des perfides tyrans.

L'homme sait qu'il est homme et que le peuple est maître
Et lorsque l'oppresseur, qu'il soit laïque ou prêtre,
Foule aux pieds tous les droits, oubliant le devoir,
Le peuple dit : à bas, à bas, à bas le traître!
Il maudit mille fois le jour qui l'a vu naître :
A l'homme de son choix, il offre le pouvoir....

Le monde te contemple, ô reine ! et te salue ;
Garibaldi, joyeux, de son âme ingénue,
Reçoit ton beau regard, comme venant du ciel.
Serais-tu son étoile ? oh ! brille dans l'espace,
Lorsque le soleil dort et fait rougir l'audace
Des tyrans effrontés qui narguent l'Éternel.

Sous ton rayonnement les peuples d'Italie
Marchent vers l'unité, qu'on appelait folie.
Victor-Emmanuel, en sera le grand roi ;
L'Empereur des Français, le soutien de l'idée
Par son puissant génie et l'invincible épée
Que l'amour du progrès a fait brandir deux fois.

Bel astre du héros ! reçois tous les hommages
Des peuples irrités par les coups des outrages ;
Et dessille les yeux à tous les oppresseurs,
Afin que, dans la joie, à travers tous leurs crimes,
Ils s'arrêtent soudain sur le bord des abîmes
Cessant, au nom de Dieu, d'être persécuteurs.

LE SOLEIL.

AU PRINCE IMPÉRIAL.

Soleil ! quand tu souris, en parcourant l'espace,
Tu révèles le Dieu qui créa l'univers.
Du cœur du genre humain le doute fuit, s'efface ;
La vérité jaillit, triomphe, le remplace,
Démontrant que l'erreur fait le monde pervers.

Sur un nuage d'or, tu te couches dans l'onde
Et l'Océan te berce, en agitant ses flots.
Dans le ciel flotte encor ta chevelure blonde,
Lorsque la nuit paraît, enveloppe le monde
Et cache dans ses flancs la marche des complots.

A la voûte d'azur scintillent les étoiles ;
Mais leur éclat douteux n'enfante pas le jour.
Timidement, la lune apparaît dans un voile.
Sa charmante beauté dans l'ombre se dévoile
Par un tendre regard plein de grâce et d'amour.

C'est l'heure du repos, du sommeil, du silence ;
C'est l'heure où le vrai deuil pleure sur les tombeaux;
C'est l'heure où la tristesse accable l'existence;
C'est l'heure où l'opprimé rêve la délivrance ;
C'est l'heure où le méchant met son masque en lambeaux.

Quand tu lèves le front, les étoiles pâlissent
Et semblent se cacher sous le manteau des cieux ;
De ton souffle brûlant les êtres se remplissent
Et dans l'immensité tes rayons s'engloutissent,
Répandant la clarté, la chaleur en tous lieux.

Sous tes regards de feu se dissipent sans cesse
Les brouillards, les frimas, comme l'obscurité.
Tu réchauffes le sol, réveilles la paresse,
Enchaînes l'ouragan, aux cris de la détresse,
Alimentes la vie et la fécondité.

Tu charmes les oiseaux ; paisiblement ils chantent,
Afin de saluer de concert ton retour.
Les feuilles et les fleurs t'ouvrent leurs seins et sentent
Que tes rayons amis tous les jours les enchantent,
En donnant la beauté, nuançant leurs atours !

La verdure des champs reflète ta lumière,
Comme la goutte d'eau, le rubis, le miroir.
Tes rayons bienfaisants par la nature entière
Sont bus et réfléchis ; la fervente prière,
Sur eux s'élève au ciel du matin jusqu'au soir.

Salut, astre du jour ! je vois poindre l'aurore ;
J'aime à la contempler ; j'aime à suivre ton cours.
L'Inde, encor dans l'erreur, se prosterne et t'adore !
Tu n'es que le flambeau que l'idolâtre implore :
Un point de l'univers qui n'a pas lui toujours.

Tu n'es pas le soleil aux flammes éternelles :
Il est de tous les temps : vers lui tendent les cœurs,
Comme glissent dans l'air les gerbes d'étincelles
Et comme autour de toi gravitent sur leurs ailes
Les corps les plus pesants, les brins d'herbe et les fleurs.

1860.

SONNET

A L'OCCASION DE LA MORT

DE S. A. I. LE PRINCE JÉROME.

Le souffle d'un héros, sur l'ombre de la mort,
Est porté vers les cieux. Dans sa douleur profonde,
La France a pris le deuil et l'écho dans le monde
A répété soudain : Jérôme est mort, est mort !

Le souffle est immortel chez le faible et le fort ;
Dans sa divine cour, le Tout-Puissant l'inonde
D'ineffable bonheur, hormis l'esprit immonde
Qui cherche à détourner les âmes de leur sort.

Jérôme a consacré, dans la paix, dans la guerre,
Sa vie au grand progrès qui fait mouvoir la terre.
Servir l'humanité, n'est-ce pas aimer Dieu ?

Aux esprits des héros de la famille humaine,
Son souffle est donc uni dans le céleste lieu.
Chacun, bergers ou rois, au ciel rend son haleine !

Juillet 1860.

LE BOUTON NAISSANT.

A Mme L*** P***.

Femme accomplie et digne d'être heureuse,
Il te fallait, pour mieux parer ton front,
Le titre doux de mère affectueuse;
Dieu te le donne, en bénissant ton nom.
Tu seras beau, comme la fée est belle,
Bouton naissant;
Et de ton cœur jaillira l'étincelle
Du vrai talent.

Vite, grandis, souriant à ta mère,
Comme l'aurore, aux doux parfums des fleurs;
Vite, grandis et caresse ton père :
Il séchera par un baiser tes pleurs.
Vite, grandis et, par ta joie, amuse
Tes bons parents.
Tu brilleras sous les yeux de la muse
A ton printemps.

1860.

NAPOLÉON III.

A LA CORSE.

O Corse, quel bonheur ! Napoléon arrive :
Oiseaux, venez chanter de concert sur la rive ;
Forêts, sombres vallons, devenez souriants ;
Collines et côteaux, rochers, chauves montagnes,
Couvrez-vous de verdure ; et vous, tristes campagnes,
Parez-vous des boutons et des fleurs du printemps.

Sur les bords du chemin, sources rafraîchissantes,
Jaillissez du granit en nappes transparentes,
Comme gerbes d'argent que nuance l'Iris.
O gazons desséchés par l'ardente lumière,
Reprenez vos couleurs ; garnissez la lisière
Des routes de Cyrnos, ô verdoyants tapis !

Inclinez-vous, ô monts ! pliez vos troncs, ô chênes !
Amour, remplis les cœurs et dissipe les haines ;
N'agitez pas les flots, ouragans importuns ;
Étangs, n'exhalez pas vos vapeurs délétères ;
Abîmes, fermez-vous ; ne fumez pas, cratères ;
Nature, embaume-toi de suaves parfums.

Rivières et ruisseaux, soyez aussi limpides
Que le plus pur cristal ; cailloux, sables arides,
Comme les diamants, brillez au fond des eaux.
Soleil, répands à flots la vie et la lumière ;
Couvre d'un voile bleu la tache à ta paupière,
Jusqu'à l'heure où la nuit tirera ses rideaux.

O nuit ! en paraissant, habille-toi d'étoiles ;
Brouillards, dissipez-vous ; vaisseaux, pliez les voiles
Et parez les grands mâts de flambeaux et de fleurs.
Crêtes des monts ridés, couronnez-vous de flammes ;
Flottez sur tous les toits, brillantes oriflammes,
Et flottez aux balcons. Chantez, chantez en chœur,

Habitans des palais et des humbles chaumières :
Vos chants sont dans ce jour de ferventes prières.
Héros, qui n'êtes plus de ce monde mortel,
Venez du haut des cieux sous la forme des ombres :
Reprenez la dépouille au fond des caveaux sombres
Et mêlez votre voix aux vivats des mortels.

Parais sur tous les points, ô flot humain ! et roule,
Roule, roule et bondit, comme jadis la foule
Bondissait sur l'airain de ses nombreux tyrans.
Aucun frein ne pouvait dompter son énergie :
Elle avait dans le cœur le feu de la magie :
Le feu de liberté : la lave des volcans.

Corse, par tes exploits, tu réveillas l'Europe ;
De l'avenir voilé tu tiras l'horoscope,
En donnant le signal de l'affranchissement.
De ton sang généreux sortit l'homme-génie ;
Le vieux monde pâlit, se crut à l'agonie,
En sentant dans son corps un long frémissement.

O vieux monde enivré d'un coupable égoïsme,
Tu soulevas les flots pour noyer l'héroïsme !
Pourtant il voulait, Lui, te tirer du chaos.
Tu ne le voulus pas : démence criminelle :
Le progrès, loi de Dieu, c'est l'âme universelle :
Il fait mouvoir le globe, il détruit les fléaux.

T'opposant au progrès, tu marches vers la tombe :
T'arrêtant, reculant, tu tombes, tu retombes,
En maudissant, hélas ! la révolution.
Un nouvel astre luit : il échauffe la terre :
C'est l'astre de la paix ; mais il brave la guerre,
Et trace le chemin de libre annexion.

Corse, berceau de l'Aigle, aux attitudes fières,
Noble dans tes élans, relève tes paupières
Et fais que les échos répètent : les voilà :
Voilà Napoléon ; voilà son Eugénie.
Salut ô Déité ! salut puissant génie !
Vous êtes dans les cœurs ; toujours vous vivrez là.

O Dieu ! veille sur eux et sur leur dynastie ;
France, couronne-les de pure sympathie ;
Alimente toujours le feu d'humanité ;
Ce feu brûle leur cœur ; il éclaire leurs âmes ;
Dans le monde répands tes éclatantes flammes
Et protége, en tous lieux, les lois de l'équité.

26 Juillet 1860.

INFLUENCE DE LA BEAUTÉ.

A S. M. L'IMPÉRATRICE DES FRANÇAIS.

Quand je lève les yeux vers la voûte du ciel,
Je contemple les feux d'azur et de lumière
Et je dis : que c'est beau ! l'œuvre de l'Éternel.
Tout recueilli, je prie en baissant la paupière.

Lorsque je vois l'Iris, ce miroir des couleurs,
Ce signe d'alliance entre les cieux et l'homme,
Je cesse de sentir mes poignantes douleurs :
Ce charmant phénomène est pour mon cœur un baume.

Et lorsque mes regards tombent sur le gazon,
Ce magnifique habit de fleurs et de verdure,
Mon âme veut quitter son étroite prison
Et s'unir à l'esprit qui pare la nature.

Lorsque je vois briller l'intellect dans les yeux ;
Que la bonté, la grâce ornent la forme belle,
Je dis : c'est là le beau ! le beau digne des cieux
Que partout l'être humain à l'être humain révèle.

Déesse de tous temps, tu te nommes Beauté!
Que tu viennes du sol ou des cieux ou de l'onde,
Qu'importe, on voit écrit sur ton front : Déité!
Et dès que tu parais tu règnes sur le monde :

Phidias à tes yeux obéit plein d'ardeur;
Raphaël alluma son génie à ta flamme;
Le Dante, à son printemps, te reçut dans son cœur
Et le Tasse plaça dans ton regard son âme.

Pétrarque t'adora! tu fascinas Nelson;
Chateaubriand ridé rajeunit sous ta chaîne;
Tu donnas le délire au jeune lord Byron;
De Lamartine, Hugo vivent de ton haleine.

Et Napoléon trois a posé sur ton front
La couronne de gloire et l'astre de la France.
En t'offrant, ô Beauté! son grand cœur et son nom,
Il a dit à l'orgueil : voilà mon alliance.

O Beauté! tu ravis en élevant les cœurs;
Tu donnes le courage, éveilles le génie
Sur le chemin couvert d'épines et de fleurs
Où se trouvent la gloire et les traits de l'envie.

Chacun de tes regards fait les mortels heureux
Et des mains des méchants tu fais tomber les armes!
En subjuguant leurs cœurs, tu les rends généreux
Et de reconnaissance, ils répandent des larmes!

Dans le cours de la vie et même après la mort,
Tu captives l'esprit! la puissante affluence
Des superbes laideurs n'arrête pas l'essor
Des humains dévoués à ta noble influence.

La forme ravissante et l'esprit pétillant,
Que sont-ils, ô Beauté! sans la bonté de l'âme?
Sur ton front n'est jamais l'éclat du faux brillant :
Tu tiens de l'Éternel la salutaire flamme.

1860.

www.ingramcontent.com/pod-product-compliance
Lightning Source LLC
Chambersburg PA
CBHW061648180626
46818CB00003B/1011